JN062404

木澤豊　詩集

燃える街／羊のいる場所

燃える街／羊のいる場所

目次

Ⅱ　羊のいる場所

I

いまから書かれる海

いまから書かれる海

草というたましいのあつまるところ　揺らぐところ　休むところ
そこから来るひとを〈つれ〉というのでしょうか　ひつじが一匹
午前3時の林から　枯れ葉の匂いをまき散らし
遅れてもうしわけないと風があやまって
子どもには聞こえない美しいうた声がする

その花の香りがきつくて
路地を歩いて雑踏の声を聴く
らちもない　隙間のない音が　不穏な安らぎへ　わたしを
追い立てて通る　開かれたままの窓に
住むことを拒否している影は　だれのかたち　だか

破壊しに　とカラスが飛ぶ　ゆうやけ　こやけのつきあたり
書かれた海　書き込まれた海
カラスガイの白い傷が　恐竜の影に見えて　夜がくると
竜骨のしたで　だれかが　うたっている　むかし
「ミユの糸」という存在しない島の楽器を描いた　いまは　いまは
薄暗い書斎の窓辺で　弾いてみると　団地の夕焼けばかり

　何のことはない
墓の向こうは海で　ここまで波音が聞こえる　小屋の窓を開けて
すぐに閉めてしまう制服の女が　本を管理していた　いつか
あれが読めるようになるって
とその書物　には書かれていた
これより向こうには　空と雲しか見えないとか

草を背なかいっぱい背負った男の写真に心引かれたときがあった
それは染料の材料で
煮出した液が足下の鍋にひかっていた
書かれなかった一冊の本　わたしがうつっていない一冊のあるばむ
というのがほんとうに存在した　わたしの姿だったのかもしれない

それから　彼女の物語は　いくども書かれたのだろう
壊れた堤防に　打ち寄せた石みたいに　ただ落ちているが
ものを語るというのは　浮遊することばを聴くということだった
三〇年前にオルの物語を書いたことがある
書くということは実現することだ

いまは幻日　古い書棚の

破れた表紙のアルバム　埃の匂いのなかで
存在したことのないわたしが笑っている
きょうは風が強い日である　柳田国男の『遠野物語』に神隠しに遭った
娘が風の日に姿をみせるというはなしだった　サムトノババ
と呼ばれるものとか

　長い鉄橋が　かすかに揺れているのが　足の裏に伝わる
淀川大橋をわたるゲリラ兵の姿を
夢見た時代　あの幻の詩集　わたしが会った
あらゆる人の名前が書かれている場所は
ここにある
あるはずはないのだからどこにでもあるノートだ

　どこかで戸を閉める音がする　灯を消すと

窓がほの白くひかった　遠い車の響きに混じって
アスファルトの道を歩く音がする
かすかに窓を揺する風　それら　いくつもの　小さい音はわたし
いまの靴音は、わたしかもしれないわたしが聞くおとだから
むすうの人の網の一点であるわたし　ゆめ
ゆめだけはじぶんだけのもので
いったいだれが　そのほかのわたしが見る夢を見るというのか

海色のノートを買って

大きなブナの幹半分に夕日が照って
木の葉の影が映っている

窓が光り
明かりを消すと
すべての影が
この部屋に集まる

いや　梅雨入りだな
「世の終末」という交響曲がきこえるが

メロディーの断片はとても甘美だ

一匹の虫もこない今夜の
窓ガラスに本棚の陰が映ってその一冊が
海色にぼんやり光っている
頭がさえてきたが　錯覚だろう

それは　古い木造の古本屋の
狭い通路で見つかった
棚に一冊売れ残ったというふうに

なかは白紙だが　見えない文字がざわざわと
押し寄せて
漆黒の見返しのなかを

ひれをゆっくり動かして大きな魚が横切った
黄土色の作業服の男は思い出す表情でいう
おれは10を指した時計を見上げた

扉のガラスの向こうにその男がいる
やあ　と声をかけると消えてしまった
ほんとうは　誰もいなかったのかもしれない
扉のなかにも　外にも
海では　濡れた犬の毛皮をかぶった男が唇をとがらせて
いちにち
羊の群れのかたちの波のなかで
網を引いている

わたしの魂は

行ったはずのないケープコッドとか
アソーレス諸島のひとつに取り残されていた

かもめへ
先日はありがとうございました
島に思いをはせていますそこは　わたしの魂の在処なのです
狭い路地をサメがゆっくり魚体をひるがえし
ひととき　ぼうっとひかる青い航跡を残して
家の壁に　影だけ残っています

陸と海のあいだで揺れている
あの　かもめホテルのロビーでサメは消えました
街そのものが　巨大な船　だったようです
びっしり並ぶ家の裏は　すべて海に面していましたから

この一角は迷路であるにもかかわらず
ぶらぶら歩きという選択肢は　まず　失われています
急ぐ　走るということも　目的は
はじめからないのだから
ホテルは　内に迷路をもっているのです

そうだったな　あの作業衣の男が
小説はね　断片を読むといいね　と言った
窓の向こうに降る雪を見ながら
わたしは　別のことをおもっていた
ひょっとすると　明日の朝は
起きないということもありうるなと

この街で　もう

わたしは　なにものでもないとわかっていた
わたしのなかでは　市場が立つ海岸の広場の
雑踏の声があふれていた
夕日が沈みかけて
なぜかわからないが
そ　れ　で　は　ぼ　ち　ぼ　ち
と　ほんとうに　おもっていた

浮遊する見えないことの断片が

船　出すぞ
呼び声が聞こえた
薄暗い倉庫に　うぃん　と響いた

血が
聞いた

わたしの血管に
黒い筋が伸びていくのが
スクリーンに見える

ふん　あれは心臓だな
わたしの内部というやつ
とん　とん　生きてるやつ

小さい　わけがわからないことの
断片が
記憶に集積して
何かの拍子に　ひょいと
この世に現れる
浮遊している小さい声に
火が点く

すねに　腹に　堅い靴先があたる
影が倒れる

ここでは　ね
まあ
見えないほこりと言いましょうか
そのひとつが　ひかりの加減で
きらと光るんです
火に見えるんです

よう

電車道の交差点の
夜空に　火玉が飛んだ
赤かったぞ

燃える町で

かれは窓に目を向ける　ガラスの向こう
父が口を円く開けて死んでいく
見知らぬ女が　付き添っている

雪が　雪が通り過ぎる
そこ　から　かれは出ていく

窓に針が降り　木立を魚のかたちが泳ぎ去る
かれは　針の音に聞き入っている
ごろごろ石の海辺が　遠く弓形に見える

かの女もまた　出ていく　そこ　から
道は駅の方角に　壁に沿って曲がっている
買い物の女達が　笑って通り過ぎる
かの女の歩き方は　重く鈍い
駅の前を過ぎて　海へ向かう
影が徐々にやせていく
歩くことでかの女はこの町とおなじ
名まえを持ちはじめる

サイレンが町をよぎり
急にとまる
叫び

「ときどき　おまえに呼ばれる」とかれは言う
海がはげしく波立つ
「海が呼んでいるのよ」
「引き返さなければ　いけないかな」
「いっしょに歩くの？」
海と町の境界は闇に消えて見分けられない
二人の声が聞こえた
声だけ
黒いテーブルのかたちの海が　女と男を隠している
海辺の倉庫の間に火が立ち　人影が見える
二つの影だけ

突端の向こうに

山沿いの石垣の家は土壁の下が崩れて
そのあいだを山から下りてくる清水が
トクトクと鳴る

海のなかの山　山のなかの海がまじわる半島の
波がきて　帰り波とぶつかるところに
信号ひとつの町があって
広い谷間に新建材の住宅がいっぱいだった

わたしが　そこから出発するなんてありえない

あれは　もう七十数年前のはなしだし
石垣には蛇も住んでいたし
海辺でイルカが柄の長い刃物で切り裂かれ
波が血で真っ赤に染まっていた
舟屋の壁に掛けたマニラロープが
きつく　におっていた

きょうの空は真っ青で
とおく　ぼんやり　フジヤマがかすんでいる
他国の小路で
他人の　ような　じぶんが立っている
あるいは　歩いている
いまや老年のわたしの　あれは
透きとおった影だろう

道ばたの溝に躓いているよ

そうだな　知らないわたしだな
見知らぬわたしで　いっぱいだな

生魚の切り身をむさぼって
明日はまた突端の
海からいうと　へこんだ町から出て行く予定だ
予定は　もう未定ではなくて

まもなく
海でも空でもないところへ向かって
この身を向けることになるはず
古い石碑に消えかけた文字のさまで

ところで　いま　夕焼けの下で
空っぽのわたしが　突っ立っているのが
とおくに見える

思いがけない
瞬時に起こったことだった
漂着した船乗りみたいな
空飛ぶ円盤みたいな

成生岬から

断崖の道の山側に
大きな蕗が群生していた
崖の向こう　くらい海で
鉄の船が燃えて
火の海へ
黒い人影がいくつも飛ぶのを見た
いつまでも　だ
いくつも　だ

岬の突端の寺に

海が静まってから
金閣寺に火を放った
養賢さんがいたはずだ

山に入ったわたしに
艦載機はいくども低空飛行した
飛行士の青年の顔が笑っていた
翌日　終戦を知った

それから町へ出て
あの青年とおなじくらいになって
よう

私の住む寮の電車道の
交差点の夜空に　火玉が飛んだ
赤かったぞ
誰かのタマシイだと
わかったぞ

打越橋という場所

夜明け前に
凍った急坂をおりて
一束の乾麺を買いに出た十一歳の少年は
鉄橋の下のアスファルトに
倒れて凍っている人がいたので
すこしだけ　避けて通った

過ぎ去った鉄の橋上を
かつて通った人たちが
なぜ　見えるか

餓えや　ひとり取り残された悲しみか
落下する十数メートルの
なにもない
かたく　冷たい　肌さわり　か

夜は
ぱんと　乾いた音がひびいた
谷沿いの坂を下りたあたりの
バラックの前で　七輪をあおぎながら
老人はつぶやいた
やつら　また　撃ちやがったな
焼けトタンの屋根の穴に　星が光った

雨の日は　莫蓙に黒い雨が降った
焼けた原っぱは
アキノノゲシやテッドウグサなんか
ゆれていた

ゴロ石の急坂の途中に　ツバタくんの小屋があり
裏山でかれの父さんが　木にロープを張った
タオレルホウ　ワカルカナ
斧を一発入れると　木は
樫の木は電車道の方へ
倒れた
それから　七十数年
あの橋から坂道に落下したものは

何だったか

橋上から明るい街が見渡せる
ナニモナイというものの手触りが
いまは　ユウレイという名まえで
いく人も　橋を渡っている

ひゅっと霧笛は耳鳴りか
タオレタモノハ　何ダッタノダロ
わたしは　何を　打ち越したか

＊打越橋＝横浜市中区にある高さ12・5mの深い谷にかかる全長38・37mの陸橋です。一九二八年竣工、下は路面電車が走っていました。いま、ここは心霊スポットと言われます。なぜ、この平和な世に幽霊が出るのか。この詩で伝えます。この詩は、一九四八年ごろの風景です。

もう昭和ですよ

商店街やレストランや
アパートのたくさんのドアの前を通り
風来　渡来
試してみようじゃないかと風が鳴ると
地下水道に住む妖精たちが騒ぐ
ほうほうと帰って睡りたいんだが

名人ウエイターが三本指で真鍮の盆に
七つのグラスを乗せて
踊るように通ったレストランの

その真ん中に階段があったりさ
店を通り抜けて降りたりさ
ここは百十数階とか

火の皮手帳の書き込みが復活する
すべてこれから　であるかのように

毛羽立った織物に斜めに降るコトバのはずが
冷たいなあ
あゝ　物語から出たい
折角　わたしから　逃げてきたんだから

見下ろせば
よろけるふうに

焼けトタンのバラックが立ち
黒い雨が茣蓙に降る土間がある
じっさい　フウコちゃんがよろけて　ね

いったい　何千階　階段を降りただろう
たくさんの小屋や店があって
古いシャツやズボンが干してあって
ひどく揺れていたり

見下ろせば見渡すかぎりの
廃墟だった
戦争はなかったのだ

べらぼうな

だれも歩いてやしねえ
おれだけ

国道の側溝っても　枯れドブだが
ぎっくりしゃっくり　歩いてゆく
双こぶ山が　灰いろにかすむ
じつに上々天気で
壊れかけた工場を区切る溝に
赤い野花　黄色い野花がひらいて
ただしくは　いろいろ名をもっているが

どうでもよくなっている

テツドーグサ　アキノノゲシ　ヒメジョオン
ブタクサ　スイバ　ツメクサ　スベリヒユ
など　など
咲いたり枯れたり咲かなかったり

車の埃をかぶって煤けちぢれた
花は　な
咲いているだけ

歩いても走っても　どろ　ほこり舞い踊り
とおく二上山もかすんでおる
そうだった　オルという織り人が麓に住んでいたが

いてもいなくっても　オルはいる
ひとり　歩いていく
そのひと

やまと葛城の地図を見ると

それだけが　わたしと言えるか
名をおとしてきたひとが
颯爽　金っ気くさく錆くさい工場町へ

疾風
べらぼうめ

＊べらぼう＝遍良坊（慶長二（一九五七）年生、寛文六（一六六六）年没）が語源らしいと、書物に記載されている。

ガード下の

かびくさい小屋の裸電球の下で
指先が古いワイングラスにさわり
静かに割れ
破片が指先を切った

夜空を飛行機の音がよぎる

思い出というやつは
きょうは　ない　のに
まだあるように振る舞っている

いわば　空を掴んでいるわけさ

仏頂面の男三人
おれに気づかぬらしい
ひっぱり起こしてくれないかと言っても
床に座り込んだままだ

そう考えてみれば

おれらしい影が
少し傾いたテーブルで
黙々とめしを食っていた
小屋の暗い隅に
大きな魚の影が

影は　ゆっくり　海へ向かった

戸を開けると
取り戻しようがない宵で

崩れかけた突堤に
小舟が繋がれて
揺れて

待っている

待っている
さあ

ガスが残っている

へこんだこころみたいなブラスのライターに火をつけると
どうしたわけか
エンパイアステートビルが立ち上がる

こいつ　おれ　じゃなく
死んだひとつの宇宙の夢だ

駅裏の煙突みたいな六階ビルの屋上で
菜っ葉服のビル管理のおじさんと話していた
夕日が屋根の向こうに沈むころ

街の騒音が　やさしく都市をつつみ

汚れた布袋の上で目をつり上げた猫が
空見ている古風な港に
並んだ倉庫によりそって
ぼろぼろの木造船が　コトコト揺れている
もう　やってらんねえ　な
にんげんなんて　なんて

煙の空でタッタカタッタカ　タップ踏んでるやつ
だれだ

おれ　おれ　白いとり
足ばっか長くって　よ

やってらんねえ　くりかえして
なにがおもしろくって陽気なんだよって
存在理由が　なんだってんでえ

「火　かしてよ」
「あ、ガス残ってるとおもうよ」
夕日が沈むころ
深い息がきこえる夕空
だったな
ホントのはなしよ

地面から漏れて

地下では　小さな晩餐が開かれているようだ
地面から　灯りが漏れている

だれか歩いてくる
向こうへ行ってしまう

おっ　それは　わたし自身でできている
あくまでも　人である

耳底に八十年　街のおとが積み重なって

目の底に　街の灯りがともり
それがときおり　海に漏れ出すのだ
夕とどろきが　にじみ出すんだ

ゆうとどろきかね
何の残響だって　残るだろ

こんなに　古い倉庫が残るんだからな
かすかな筆跡の　落書きが見えるだろ

いまごろ　碇を上げる音が　きこえらぁ
鎖が擦れるおとが　おれのなかで

追っかけていく交通機関が　汽車だったもんな
やっと　ここまで

倉庫の壁が剥がれて
覆いかかってくる

埃の匂いがする
あいつ　突堤から

ひかる　さざ波へ歩いて行く
影のような

二人だけの晩餐会だ
古い畳に　ほっぺたつけて　な

町なかの川をうたう

いくつか　セレナーデの　風が　吹き終わり　古い町の
川筋に　なにか大事なことが　軽く終わり
おもいが置かれた　ベネチアなんかに縁はないが
うすい花が漂流して

古い大きなマンションの迷路で　だれか待っている
息が薄い煙になり　あれは
ゆめを迎えに来ている人とは
別人の古い靴らしい

やはり白いノートだ　白いノートに帰って　続かないものな
あしたからの

古風でいい　あの歌い手の
老いとはなにもので　どこから訪れるのか
それで　濁って　さざ波立つ水面で
記憶は　ほっ　ほっと　抜けて行く
白々と

おれの　おれの　夕暮れだ
夜中に　じぶんの草稿を書きながら　白いノートに
天心だね　そうだね

ことばと文字の結び目を見つけた

こぶ　ね
この歳して　ね
夜は来るし　朝は来るだろうし
いつまでか知らない

夜明けじゃなくて
おれの　夕暮れの

途方もなく長い壁が　遠くで

遠近法からわずかにずれて
途方もなく長い壁が　続いて
ゆめの城郭は　逢坂と呼ばれる土地に聳えている

周囲の街区は円を描いて
中心は　なにもない窪地で
何もないという場所で
行ってみたいが
入ると帰れないとか

今朝は　シジミの味噌汁と納豆ご飯を食ったなあ
あのベランダに赤い布団を干すと空襲があるんですよ
近所の奥さんたちの真剣な都市伝説が流布してね

しかし　である
やってきたきた　B29の空爆に　グラマン何とかの
機銃掃射の鉄の雨
トンカラリンじゃごまかせない
時代の映像は　もはや　光と影でしかない
遠近法の放射するラインから　かなり
ずれて　遠く　かすかにしか見えなくなった

でも　硝煙とガソリンの匂い　油がごうごうと燃える音だけが
記憶され　繰り返し記憶され

中途半端な空間にぶら下がり　落ちない
ひかかってるっていうか

おれも　わたくしも　炎に追われて
トッピンシャンの井戸から
ブリキのバケツで汲んだ水を飲み
焼け瓦に乗せた焦げたジャガイモを食った
布やカミや髪が焼け焦げた酸っぱいにおいのなかで

おお　食い物の記憶は　生き物の記憶だ
水は熱のなかで　涼しく喉をとおった
やあ　両手をちぢめた黒く小さくなった人々よ
こんばんわ　三日三晩踊り続ける火たちよ
やってこい　きょう

昇れ　忘れ　かすれた　きょうに

遠いの近いの言わないで

こわいの　わすれて　おどろじゃないか

なあ　影さん

ごお　ごお

霧裂き　一千行の波　到る

白い浜に十数頭　黒い頭が並び
いるかは静かに眠っている

藍いろの海きらきら
長柄の刃物が獲物の皮膚をすべり
白い浜が赤く染まり　海へ広がっていく
砂の粒子に血が浸み
清冽な風が吹く

今夜　漁師は　肉の煮付けで晩飯だ

家族は肉をむさぼるだろう
男は焼酎を飲むだろう
これが食欲ちゅうもんだ

木の漁具がまるくおだやかに古びて
男たちの呼び合う声は鋭く明るい
そんな日があったな
沖で潮が奔ったな

あの船小屋の浜は安っぽいビルが建ち
貝殻もフナムシも木っ端もさび釘も潮の匂いも
ない地面を歩いた

漁撈資料館には　いるかの一片の骨もない

浮世絵のかたちの富士も
うっすら　うそっぽいし

なんか不吉な圏外に出てしまったようで
何も書いてない遺書を手渡されたようで

日経ち　日立ちて三万日
わが骨一片もない
岩の縞目の果てにきたんだな

Ⅱ　羊のいる場所

羊のいる場所

草というたましいのあつまるところ
揺らぐところ　休むところ
そこから来るひとを〈つれ〉というのでしょうか

羊がいっぴき

木造ビルの階段の踊り場から
夕日に染まった荒れ野が見え
きつい風が枯れ草を揺すって
石の影が落ちている

それに似たひとときが　かれにもあったとおもい
おもいを強くするほど　かれに気持ちがあつまる
これが都会の空の景色です

という書簡が開かれたまま

大事な荷を渡して　ほっとしていると
五十数年　あっとおもう　あっ
ガードを電車がごうと走り去って
その下で小さな火事があった
白い皿の上で肉が裂かれ煙が上がり
かちっとフォークが突き刺さり

記憶は

おもいだすんじゃなく感じるもの
羊の毛皮の上で眠りかけると
ああ　あの群れは波立ちだったと
波止場の突端に立つ気分になって
どこでもない　場所を思い出した
そうかケムリというネコが　道端を
シネマ通りを　びゃおーんとすっ飛んだ
いや　恐怖に駆られるひつじ
怒りに追われるひつじか

うん　大きい小さいって言っても
ネコという大きさ　羊っていう小ささ　というか

空き地にはオオマツヨイグサが黄いろくともった
やっぱり　なにかが　あつまって
空に風の鞭が鳴っている

わたしの　大陸の　荒野の　手幅くらい外がわに
ひつじたちが　もうもうと砂ほこりを巻き上げて
大きな岩の狭間を　押し合って
境界を突き破る

あれはやっぱり　ひつじの荒波
きょうは時化てんだ
きっと

無頼な浜だ

桟橋のむこうに　遊園地が
ぼうと浮かんで
幾枚にも剥がれたわたしのようなものが
空に浮いている

ヨナ　散歩ね

頭のうしろに陽が昇ったら
やりたいことはすると　見なかった鯨に約束した
あいつは　小さい目と涙で
わたしのどこかが欠けた踊りを見つめていたな

でも　じっさいは真っ暗なガード下にしゃがむと
ばか薄っぺらい月が　ゴミくずを流す川に昇りました
という手紙には〈遠くに向かって〉と書いてありました
いまは〈聖洞窟時代〉のまっただなかと呼ばれていました

いやですねえ　老いるのは
鯨の目は外へ開かれて
ビルのシルエットに入りこんでしまって
光のまっただなかでは　じつは
灰色ですが　黄金に輝く
かつて　あの黄色と黒の縞模様を急いで渡ったものでした
いまは　机上に〈Please stand by me forever〉と彫り込まれた
わずかな影を落として
傷だらけのジッポのライターが置かれています

〈そばにいて〉っていわれても　おれ　浮浪の民だ
失うかもしれんし　見失うこともあるだろう
目を近づけると　机に止まった羽虫が
かすかな虹いろを発して　もがいている

うちへ帰るか　帰らないか
ゆらゆらする　足下のドブ水に訊くと
ふん　手足がつめたいねえ
だって

ナマズを引きずって

わたしが書くと　みんな通り過ぎてしまうな

そいつは　朝昼夜　椀をのぞきにやってくるが　空っぽで
それでも満足して　ゆっくり立ち去っていく
《指呼》　指で呼べる距離　指とそれとの隙間の
住めない場所に生息しているそれ
話すのは　ウィの彼方に住む
ミュについて　かな

目をつむると　鳥の目のひとつひとつが見える　その

黒い粒がみている隙間は
私の世界の欠けた部分と重なっている

そこは　なにがあるか知らずに来た場所だが
わたしが　どれほど騒がしい存在なのか
感じる　なにかが　満ちあふれて
キラ　とひかるほこりの反射とちがうもの

ガラスの向こうで　灰色の衣服で身を包む女が海を見ている
湾岸が弓形に張って　海の反射が労働着のなかを照らし出す
風がその襞を消すと
わたしが部屋から出て行くわたしが
みえる

部屋が外に入れ替わっている　そこに
外には傷だらけのデスク、椅子、ペン　錆びたストーブ　炎
煙と灰のにおいがただよい
一人分の食事が置いてあって
そこに　とどまれない人も座っている

ガード下の部屋に　フィラメント電球が点いたその下で
首のないわたしが　辛い漬け物を載せたパンをかじって
水を飲んでいた

ひたひた　波おと
あいつが　どでかいナマズを引きずっていく夢を見たぜ
ナマズって　海にいるかなあ

夢町の小路から

小さい町のまんなかの
大きな倉庫の石切場に
深い空が

わたしは　そこに　引き込まれてはいけない
きりきり気を引き絞った

はっきり見えない
やわらかくてまるい獣が手をなめて
正気にとどめてくれている

が
あぶない
落ちれば　だれも助けてくれない
外では　縞シャツの少年が　車で待っているはずだ

いや　覚めているよ
覚めてても
だめだ

うつつでは　ガス点検人がメーターを指さしている
かれは正確なルートマップを手にしている

でも　じぶんのうちそとの
区別がない

おーい
青いコーヒーカップよ
カシワバのごろ石の急坂よ
登り切って町を眺望すると
まばらな町の屋根は空に落ち込んで
海から見ると
鳥の巣なんだな

鳥の子が
地面に落下する
鉄条網のむこう
錆町の小路を
吹き抜けるのは

夢で見たゆめだよな
ウツツに語るモノ語り
穴の底から　出かけな　な

ホー
待ってるひとがいる
煙も上がっている
けむりはわたし
だったか

ぼけてからじっと見つめよ　早ほたる

窓をあけると波音が聞こえる
窓下から軒へ　初蛍が闇を斜めに過ぎった
夢のなかでゆめみている

宿の窓の向こうがさざめいて
浜で数人の少年が花火に火をつけた
火薬のにおいがする
夜空を鳥が　石ころのように飛んだ

砂の下ではひそかに宴がひらかれ

やっぱり低くさざめいている

　酌み交わされる酒がぼうっと青くひかって
窓下をさまよう影がふたつみつ　あるいは
闇の均衡　微風の均衡　わたしを縁どる白い波は
わたしといっしょに　立ち上がる時間だ

　立ち上がる　すべての方角へ旅立つように
ほんとうは　そこに立っているんだが
みえるのは仮止まり　そのあかしは　水平線にそって
赤い小さいブイが　ゆっくり流れているではないか
なあ　雁よ　雁よ

　世界はふたつ　みっつ　またむすう

あっちでもこっちでも　屋根の下で酒が酌み交わされ
ざわわ　とぷん　とぷんと　波が寄せては返し
おっ　酒場でうたうさびしい演歌のようじゃないか

　雑踏を夢見よう　雑踏を
捨てられ折れたたばこの吸い殻とか　空き地の　ぽつんと咲く
枯れかけた野げしの綿毛をやさしく毟りながら
あの蛍火を　いつまで　おぼえているか

やわらかく　まるいものと

やわらかくまるいものを抱いて歩いた
剣刃の岩の細道で
足がぎしぎし痛んで　よろめいた
右は黒い巨大な塊（森か）
片側は切り立つ崖から冷たい風が吹き上がり
遠くに灯が一つ　二つ　見えるか
抱いた右腕が垂れてくる
もう　何歩　行けるか

「置いて行っても　いいよ」

しずかに
そいつは　ささやいた

ゆめなんだろうか

（古いスケッチブックの画紙みたいな曇天）
（目路の限り　澱み　みたいな屋根の波）
（うす赤いテールランプの列）
（うす煙がのぼる煙突）

菜っ葉服の男がたばこを口に
静かに話している

あのとき　崖っぷちで

たしかに　わたしは
「置かない」って言った
一九六二年のビルの屋上で

わすれるということは　黒板を拭うように
痕跡を消すことだろうか

落ちるのは　いっしょ
夢がつづくんだから
なあ

草の庭

思いあてる

雑草のなかに　朽ちた水車が　あった
茫々　草
ひとつひとつに
名前があった

夕焼けの坂道にならぶ廃屋ごとに
表札の文字が　やっと読めた
窓は隙間だらけ

夕空いちめんに電線の網が絡まり
海鳴りが　細い急坂を流れ上がった

いや　だれにも聞こえていない
と　女はおもった
それで　ネギとこんにゃくを買い
坂を上ったり降りたりした
駆けくだる坂は切れている
と知っていた

遠くで
大きな墓の上に
新しい町が　どんどん建っていく

この町では
閉めるの　開けるの
海の扉がぎいぎい
鳴って

赤い空に
石の鳥
ひとつ
投げた者がいた

閾を越えて
重い　当て

ここにいた

古い階段の踊り場の窓から　夕日の野っ原を見ていた
散乱する石の影散り　平原はまだらに染まり

わたしにつきまとう窓辺で
見ていない光景を　子どものときから見ていた

いま　テンノウジ交差点で途方に暮れて
どうして　見ない風景をおもいだしたか

横断歩道を渡って　車をよけて

縞模様をはみ出し
で　じぶんに突き当たって　見覚えのある窓を
開けると

うたっているのか　呻いているのか
わたしが疾走するのを
ぼんやり見ていた

石の散乱する
石が産卵する荒野は
わたしの知らない故郷かもしれない

ならば

悼むうた

だれかと〈どこかへ〉行こうとしていた
ゆうぐれのようだった

石畳を打つ杖のおとは
そらみみだっだか

にぎやかな店通りを抜けると
億年のうちの今生は
坂道だったけれど

石に当たる杖の響きは
胸のあたりを　突きぬけた
陽がさしていた　とおもう
鳩が飛んでいた　とおもう

海が歩いてくる

わたしがいても　いなくても青い砂や小石や
しゅっと消えるフナムシは　どこへ行くのだろう
ぼくが生まれたときからどんどんどん　鳴っている
波は　どこへ行くか
わたしのほうが　どこかへいくのか　じつは
それぜんぶ　わからない　みんな同時に
どこかで起こっていた

きょうもあしたも　つけくわえるものは何にもない
ごろ石の海岸の刃物のような草が　揺れたり光ったりしているとき

団地の外れの空き地でも奴らはあやしく
光って揺れてたりしたんだから　おなじときに　な
はっ　そうか　おなじときなのか
あちこち　さまよってるのか　そうなのか

草っ原の　見えない突堤から
取り戻したような　逃がしたような
野放図な庭を遙かに　遙かに望めば
向こうは　それは八十年前のわたしということか

海が　歩いてくる
足の裏がじゃりじゃり痛いけれど
わたしは　すでに　いないようだ

じゃ　だれが　言った

言わない　言わない

雨ばかりが

青い湯飲み茶碗に四七度の泡盛を注ぎ
くちびるをつけた

屋根が映った液体の上に
細かい雨滴が入った

ここにわたしがどうしているのか
わからない

ここから木の階段の踊り場の窓が見える

窓のむこうは　むこうまで荒れ野で
ヨモギや知らない草に混じって
うす紫の枯れかけた　花が光って

階段の窓枠も
傷だらけだ

ここに立つのは
どうもわたしではない

家族も友人も
おもいだせない窓から

降る雨が　しきりに
さそって　少しさむい

行ったことの　ない場所は
窓だった

私を囲んでいる　きょうの窓に
鉄さびの倉庫の屋根が

弓女が織機の手を止めた
重い曇り空を

鳥がよぎった　一羽だった
かすかな潮と鉄さびの匂いのざらざら

窓の縁に大きな灰色の蛾の
羽の黒いまだら

この数日　動かない
雨の匂いがする

わたしは　外へ出たい
唇がひりひりするから

どこかで　わたしではない人が

ある日　きつねのように孤独ではないか
里に出た狐のように　くたばってもいいいんじゃないか
と気づいた
ときには　指を折って　いちにちを数えていた
狐のぬれた毛皮から　獣のにおいが立っていた
取り戻したような　取り逃がしたような場所の
崩れた家から　花のにおいがする
匂い立つトマトの葉っぱの

トマトというかたちのなかに
ほんとうのトマトが住んでいるというのが
なんだか　おかしい

狭い畑ぎわ
土壁の倉庫のむこうに
たくさんの星が　つぶやいていたなあ

地面の凹凸が山脈に見える日だ

どこかで　わたしとはちがう人が
ひとりで　同じことを考えている

夕方に出かけるから

わたしは　机の引き出しを　きちっとしておかないと
ビルの向こうに汽船が近づき
汽笛が鳴っているのに　だれも気づかない
どこにいても　碇を下ろすおとばかりがきこえる
書誌はなく　書いたという残響が　かすかに
わたしに　とどく
耳を澄ますからか

で　老ねこは睡っているので

行ってくるぞと声をかけ　家を出た
このままかえらないこともあるだろう
階段を降りる足音が　まだ　聞こえる

並木通りで　青く光る時計を見た
帰るとか帰らないとかじゃなく　時計はなつかしい

地下道の奥の保育所
天井を列車が走る音がする
子どもたちは　みな　両手を挙げる

ホテルの玄関へ渡る溝の
鉄板の下に　灯がともった
テーブルを囲んで　笑っている家族がいる

わたしが　がらんとしたホールに入ると
大きな木のテーブルに　いくつか
傷がついていた

船が窓から入ってきて　椅子がカタッと鳴って
ガラス越しの夕日があかい

もう一つの階段を降りる
あれは　たしかに　わたしの　足音

野菜とベーコンとインスタントラーメンで
最後の夕食だ

存在の宿命を問う詩群たち

——木澤豊詩集『燃える街／羊のいる場所』編者解説

木澤豊の詩集を編集するのは実に一二年ぶりのことだ。前に僕が編集したのは『幻歌』（二〇〇七年　草原詩社）だったが、そのあと木澤は『かもめホテル』（二〇一四年　澪標）を出している。そのあとがきの中で彼は木辺弘児とのやり取りをこう記している。

「ぼけても、ぼけを書けるのでしょうかねえ」
「そのときに書いてみましょうよ」

このやりとりは『かもめホテル』が出た時点から見ても「二〇数年も前のこと」だそうだから、今から数えればかれこれ三〇年も前のことなのだろう。ただ、あとがきにこのような事が書かれていたり、本文にも「ここでは　じぶんの名まえさえ忘れる」（「名まえ忘れ」）であるとか「も

う　ずっとまえから　わたしは　いないようだ」（「くりかえし　失われる」）というような詩句は現れるものの、「ぼけ」という主題そのものは、前詩集『かもめホテル』の中にはそれほど色濃く出てはいない。

しかし、今回預かった原稿の束の中には「曖昧になる記憶」という主題あるいは「私は一体誰なのか」という問いかけが極めて多いという印象を持った。三〇年近く前に出した問に自ら応えようとするかのように。実際、二〇一九年一一月三日に京都で行われた「POETRY JUNCTION」という朗読会の二次会で新詩集の出版を僕は依頼されたのだがその時も「平居さんに詩集を頼んだ」と大きなメモ用紙に木澤さんはしたためていた。「忘れちゃうと大変なんでね」と彼は笑っていた。

原稿を渡されたのは二〇一九年十二月に入ってすぐのことだった。そこでも「いや、まじめな話、最近ぼけてるんで」と何度も彼は言った。家に戻ってから詩群を読み返し「曖昧になる記憶」と戦う語り手の姿を見た時、メモをしたためたり、ぼけることについて話す木澤の姿を第一に思い出した。詩の中で呻吟している問題は、現実の中でも彼を強く打ちのめそうとしているかのようだった。が、彼はストレートのウイスキー、しかもダブルを何杯も飲んで、それを些細なことのように笑い飛ばそうとしているように見えた。

＊

今回の詩集では、全体を二部に分け、最初第Ⅰ部に「燃える街」、第Ⅱ部に「羊のいる場所」という章名を付した。それでタイトルをこのようにしたのだが、木澤とのやり取りの中で、彼は第Ⅰ部の名称を「いまから書かれる海」と変更するように指示を伝えてきた。このことは読者に程よい混乱をもたらすのではないか、と僕は面白く思って著者自身の提案に沿うことにした。

第Ⅰ部「いまから書かれる海」は、海の見える街を舞台にした、強いイメージを持つ詩が並んでいる。そこで木澤らしい男が海色のノートを買って海について書き始める。それは彼自身が船で海に乗り出すことに他ならない。そして岬をとおり打越橋から上陸し、ガードが延々と続くまるで昭和のような街を夕暮れになるまで歩き続ける。なるほど、僕自身「海」のイメージの作品を集めた訳だから、木澤の考える章名の方がよりストレートに編集意図を現わしていると言えるだろう。

第Ⅱ部「羊のいる場所」では、一転、「ひつじ」に典型的に現れる、やわらかなイメージの作品を配置した。ここでは「海に乗り出す」というような気負いもなく、男は「散歩」を続ける。ガード下に住んでいることに違いはないが、ナマズを引きずって歩いたり夢町という幻のような名前が町にあったりする。ほたるの光なのか、それとも魂なのか、「やわらかくまるいもの」が手に足先に触れる。男はやがて浜に、戻ってゆく。

編者としては、先に書いた「ぼけ」の問題に日々直面し、戦っている書き手の現実と同時に、その苦しみを文学的な主題へと昇華させた産物、つまりはこの詩集の質感そのものを味わって欲しい。それは木澤も同じだろう。「平居さん、もし、どうしようもないと判断したら、全部没にしてしまってください。」と彼は言った。それは、一人の人間の闘病記のような興味でのみ読まれることへの爽やかな拒絶だと僕は思った。

確かに第Ⅰ部の「この街で　もう　わたしは　なにものでもないとわかっていた」(「海色のノートを買って」)「夜明けじゃなくて　おれの　夕暮れの」(「町なかの川をうたう」)「おれ忘れ　かすれた　きょうに」(「途方もなく長い壁が　遠くで」)というような詩句の中に、また第Ⅱ部の「ぼけてからじっと見つめよ　早ほたる」というタイトルや「どこかで　私ではない人が」という、まさに薄れる記憶に直結するタイトルの作品も見られる。しかし、考えてみれば、自分が「ぼけ」てゆくことの怖れは、自分が何者か分からなくなることと限りなく近いのかもしれない。だとすれば、老いた人々や記憶に障害を持つ人たちだけではなく、全ての読者に共通する、いわば「存在の宿命」をこの詩集は主題にしているのだということになる。

＊

また前詩集の話に戻るが、そこで木澤は「この詩集は遺書代わりになる」と書いている。「冗談じゃない木澤さん、前の詩集がそうならなかったのと同じように、この詩集も決して遺書になんてしないでください。これからが、木澤豊の面白いところじゃないですか！」と僕は思わず呟いていた。

この『燃える街／羊のいる場所』の次に至りつくところはどこか。早くも僕は知りたくて仕方がない。きっと、今度はさらに柔らかい世界が増えてくるのじゃないかな、なんて密かに予言してみよう。第Ⅱ部冒頭に配した作品の中にこんなフレーズがある。

記憶は

おもいだすんじゃなく感じるもの
ひつじの毛皮の上で眠りかけると
ああ　あの群れは波立ちだったと
波止場の突堤に立つ気分になって

どこでもない　場所を思い出した　　（「ひつじのいる場所」部分）

木澤豊の記憶に関する新しい旅に、僕自身も並走しいたいと願っている。

平居　謙

あとがき

最後の詩集と自称してから二冊目、今回は編集者の平居謙さんとの繰り返しの対話から生まれた詩集です。いわば合作です。また、山村由紀さんにも、たくさんのお手を煩わせました。

この詩集の制作途上で、ことさら自分の老いやぼけを押し出すような言動があったのは、平居さんが跋で書かれているように、たしかに老化や病への無意識の防御と反抗でありました。が、いちばん大きな理由は、作家の木辺弘児さんと「ぼけたら、ぼけの作品をとことん書いてやろうじゃないか」と約束したからです。残念ながら先に亡くなられてしまいましたので、私がそれを実現するぜ、という気持ちでした。

これからは〝ことさら〟ではなく、気負いもなく臆面もなく、書き続けることになるとおもいます。先は、どうなるかわからないけれども。

作品は、読者も作者も楽しめるものでありたい。詩なんて狭い趣味じゃないかと言われても、それを突破してみたい。わたしの創作のゆめです。だれかがどこかで、（うーん、そうかあ）とひとこと言ってくだされば、いいなあ。

ところで、そう書いている私自身が、ほんんとうは（ゆめ）そのものであるかもしれません。それにしてはまわりにお世話をかけたり迷惑をかけたりはリアルです。

みなさん、ありがとうございました。

二〇二〇年一月　記

木澤　豊

燃える街／羊のいる場所

二〇二〇年一一月二五日　第一刷発行

著者　木澤 豊　Kisawa Yutaka
発行者　平居 謙
草原詩社
京都府宇治市小倉町一一〇—五二　〒六一一—〇〇四二
発行所　株式会社 人間社
名古屋市千種区今池一—六—一三　〒四六四—〇八五〇
電話 〇五二（七三一）二一二一　FAX 〇五二（七三一）二一二二
［人間社営業部／受注センター］
名古屋市天白区井口一—一五〇四—一〇二　〒四六八—〇〇五二
電話 〇五二（八〇一）三一四四　FAX 〇五二（八〇一）三一四八
郵便振替〇〇八二〇—四—一五五四五
制作　岩佐 純子
表紙　K's Express
印刷所　株式会社 北斗プリント社

ISBN 978-4-908627-65-1 C0092 ¥2000E
定価はカバーに表示してあります。